MONICA BROWN

LOLA LEVINE

y unas
vacaciones
de ensueño

ILUSTRADO POR
Angela Dominguez

SCHOLASTIC INC.

Originally published in English by Little, Brown and Company as
Lola Levine and the Vacation Dream

Translated by Juan Pablo Lombana

Text copyright © 2017 by Monica Brown
Interior artwork copyright © 2017 by Angela Dominguez
Llama by Jinhwan Kim
Translation copyright © 2018 by Scholastic Inc.

ISBN 978-1-338-30009-3

12   11   10   21   22

Printed in the U.S.A.   40
First Spanish printing 2018

A mi mamá,
Isabel María,
y a mis hijas,
Isabella y Juliana,
con amor

CONTENIDO

Querido Diario:

¿Adivina qué? Esta noche fuimos a la inauguración de la exhibición de papá en una elegante galería de la ciudad. No comí tantos pastelitos ni emparedados, aunque eran pequeñitos y tenía mucha hambre. Tampoco salté, grité, ni llevé mi balón de fútbol, aunque la inauguración duró tantas horas que me moría de ganas de saltar, gritar y jugar fútbol. Hasta Ben se portó bien y se vistió elegante. Papá llevaba un suéter de cuello de tortuga y tenía el pelo recogido en una cola de caballo, y mamá iba vestida de rojo, por supuesto. Yo no sabía que había tanta gente que conocía a papá y sus cuadros. Ben y yo estuvimos todo el tiempo al lado de mamá, pero yo me acerqué a abrazar a papá un par de veces porque quería que todos supieran que yo, Lola Levine, soy su hija. Papá estaba muy contento y, de camino a casa, mamá, papá, Ben y yo cantamos canciones en inglés, en español... ¡y a veces en los dos idiomas!

Shalom,
Lola Levine

Capítulo uno
Volando alto

Me despierto al día siguiente y mi perro está acostado al pie de la cama. ¡Estoy feliz de que sea sábado!

—Buenos días, Frijol. ¿Dormiste bien? —le pregunto antes de darme cuenta de que hay una nota en la pecera de Mia, mi pececita.

Tomo la nota y la leo. Dice: "¡Reunión familiar hoy! En el lugar y la hora de siempre".

Estoy emocionada porque mamá y papá solo hacen reuniones familiares cuando tienen algo grande y divertido que anunciarnos. El lugar y la hora de siempre son la mesa de la cocina a la hora del desayuno.

—¡Buenos días, cariño! —dice mamá—. ¿Viste la nota?

—¡Sí! ¡Sí! ¿Cuál es la sorpresa? —pregunto.

—Tenemos que esperar a que baje Ben —dice mamá.

—¡Hola, Lola! —dice papá, dándome un beso en la frente.

Papá está haciendo huevos revueltos. Mamá está haciendo ensalada de frutas.

—¡Qué rico! —le digo a mamá—. ¿Puedo ayudarte?

—Claro. Corta los mangos, pero con cuidado —dice mamá, y me ayuda a cortarlos.

—Me encanta el mango —digo.

—¿Sabes qué? —dice mamá.

—Ya sé, ya sé. Los mangos son mucho más dulces en Perú. ¡Ya me lo dijiste! Pero solo tenía tres años la última vez que estuve ahí, así que no lo recuerdo. Aunque sí recuerdo que tía Lola me llevaba al parque todos los días —digo.

—Lástima —dice papá—, porque no hay nada más delicioso que un mango peruano.

Llevo la ensalada de frutas a la mesa y mamá nos sirve leche tibia con azúcar y un chorrito de café, que es algo que tomamos solo los fines de semana. En ese momento, oigo un ruido: *ipum!* Es mi hermano bajando los últimos escalones de la escalera.

—Ben —digo negando con la cabeza—, no podrías pasar desapercibido ni queriendo.

—¡Reunión familiar! ¡Reunión familiar! —exclama sin prestarme atención, o por lo menos eso pienso hasta que se me acerca por la espalda y grita—: ¡Buu!

Me volteo rápidamente y lo empujo tan fuerte que vuela por el aire y aterriza en la mesa. La ensalada de frutas sale disparada. ¡Qué desastre!

—¿Están listos para la reunión familiar? —pregunta papá cuando terminamos de limpiar.

—¡Sí! —decimos Ben y yo al mismo tiempo.

—Muy bien —dice mamá—. Anoche, su papá vendió muchos cuadros.

—¡Es que son maravillosos! —digo.

—Gracias, cariño —dice papá sonriendo.

—Eso quiere decir que este mes contaremos con dinero extra, y papá y yo hemos estado hablando de cómo usarlo.

—¡Ya sé! —dice Ben—. ¡Compremos otro cachorrito! O un cohete...

—Creo que Frijol ya es suficiente trabajo —dice papá—. Pero lo que estamos pensando sí tiene que ver con volar.

—¿Un viaje? ¿Adónde? —pregunto cruzando los dedos.

Solo hay un lugar al que quiero ir y una sola persona a la que quiero ver. Miro a mamá con ilusión. No he visto a mi tía Lola en casi dos años. Me pusieron mi nombre en honor a ella. Yo estaba en preescolar cuando vino a visitarnos para celebrar los treinta años de mamá. Tía Lola es un par de años menor que mamá. Es divertida y genial. Le escribo cartas todo el tiempo y ella me las responde. También hablamos por teléfono los fines de semana.

—Bueno —dice mamá—, pensamos que podemos ir a visitar a tía Lola a Perú.

—¿De veras? —pregunto.

—De veras —dice mamá, y veo que ella está tan contenta como yo.

—Tía Lola sigue viviendo en la misma casa donde nos criamos, pero le alquila unas habitaciones a una señora y a su hija, que es enfermera. Por suerte, irán a visitar a su familia al norte del país dentro de unas semanas, así que habrá espacio para nosotros —dice mamá—. ¡Tú y Ben pueden dormir en la que era mi habitación cuando tenía la edad de ustedes!

—¡Eso sería increíble! —digo.

—Tengo una pregunta importante —dice Ben—. ¿Podemos llevar a Frijol?

—No —dice papá—. El viaje es muy largo para él. Vamos a buscar a alguien con quien se pueda quedar.

—¿Vamos a ir a Perú en avión? —pregunta Ben.

—¡Por supuesto! —respondo—. Es la única manera de viajar hasta allá.

—¿No se puede ir en cohete? —pregunta Ben.

—Solo los astronautas pueden viajar en cohete —digo—. Tía Lola vive en Lima, que es la capital de Perú, para que lo sepas. ¡Está en otro país, no en otro planeta!

—No seas tan sabelotodo —dice Ben, y me saca la lengua.

—Mamá dice que está bien ser una sabelotodo. Quiere decir que estudio mucho —digo.

—¡Qué pesada eres! —dice Ben.

—Sí, sobre lo que sé —respondo.

—¡Oigan! Trátense bien, por favor —dice papá, pero me mira a mí.

—Ya sé —le digo a Ben—. Cuando vayamos esta tarde a la biblioteca, podemos buscar algunos libros sobre Perú.

—¡Sí! —dice Ben—. Así le podré mostrar a tía Lola que yo también soy un sabelotodo.

—¿Quieren buscar a Perú en el mapa? —pregunta papá.

—¡Sí! —decimos los dos, y vamos hacia la computadora.

Unos días después, mamá hace una cita para ver a mi maestra, la Srta. García. Vamos a ir a Perú diez días y voy a faltar a la escuela una semana. Necesitamos hablar de eso porque estoy en segundo y ese es un grado importante.

—¡Qué bueno, Lola! —dice la Srta. García—. Vas a aprender mucho, así que no te preocupes por los días que faltarás a clase.

—Iré a la escuela con mi tía Lola —digo—. Ella es maestra como usted, ¡y ahora también es directora!

—¡Qué bien! —dice la Srta. García.

—¿Qué debe hacer Lola para ponerse al día con las clases? —pregunta mamá.

—Lola —dice la Srta. García después de pensar un poco—, ¿por qué no escribes un par de informes cortos sobre Perú mientras estés allá y cuando vuelvas haces una presentación?

—Me gusta esa idea —digo, porque me encanta escribir y la Srta. García lo sabe—. ¿Sobre qué escribo?

—Elige tú el tema —dice la Srta. García sonriendo—. Tienes siempre muchas ideas. También te daré unas hojas de ejercicios de matemáticas.

Mamá y la Srta. García hablan un rato más en español, como siempre. Por suerte, yo entiendo todo lo que dicen. Una de mis mejores amigas, Bella Benítez, es mexicana-americana y a veces hablamos en español para confundir a nuestros amigos Josh Blot y Juan Gómez, que no lo entienden. Ellos piensan que estamos hablando de cosas de chicas, pero por lo general estamos bromeando y diciendo tonterías como "El cielo es azul" o cosas por el estilo.

Capítulo dos
Las dos Lolas

Querida tía Lola:

¿Adivina qué? Te estoy escribiendo
desde un avión. ¡Estamos yendo a
visitarte! Estoy muy emocionada.
El vuelo ha sido divertido. La azafata

me dio unos audífonos y escuché
música. Terminé de hacer mi tarea
de matemáticas porque soy muy
buena en matemáticas. Papá está
durmiendo y mamá está tratando
de entretener a Ben para que se le
olvide que tiene ganas de vomitar.
Ben estaba bien hasta que el avión
subió, bajó y se sacudió. Entonces
dijo que le dolía el estómago y todos
sabemos lo que quiere decir eso.
A mí me gusta cuando el avión
se mueve porque me parece que
estoy en una montaña rusa... ¡y me
encantan las montañas rusas! Papá
dijo que no debía gritar "yujuuu"
cada vez que el avión sube y baja,
pero Ben gritó más que yo. Se
quejaba tan alto que la señora de

adelante se volteó a ver qué pasaba.
Le dije que no se preocupara,
que nosotros los Levine somos
escandalosos. ¡Entonces Ben
comenzó a hacer arcadas y ella se
volteó de inmediato! Mamá quiere
que yo duerma, ¿pero cómo me
voy a dormir si voy a visitar a mi tía
favorita del mundo?

Shalom,
Lola Levine

Por fin me duermo, y me despierto
cuando el piloto anuncia que estamos
aterrizando. Como estoy sentada al lado
de la ventanilla, puedo ver las luces de
Lima. Afuera está oscuro, ¡así que brillan

por todas partes! Parece un mundo de hadas.

—Chicos, vean eso —dice papá—. Cada luz representa una casa o un restaurante o una tienda...

—Debe de haber mucha gente en Lima —digo, y me pregunto cuál será la luz de mi tía Lola.

Nos bajamos del avión, recogemos el equipaje, hacemos una cola larga y les mostramos nuestros pasaportes a unas personas que parecen policías. Luego, por fin, salimos. Miro por todas partes pero no veo ninguna cara conocida.

—¿Dónde está tía Lola? —le pregunto a mamá, impaciente.

Entonces oigo una voz que dice: "¡Lola!". Me volteo y allí está mi tía Lola.

Se parece mucho a mamá, solo que tiene el pelo corto como yo. Lleva aretes grandes de plata y una sonrisa aún más grande. Corro hacia ella y salto en sus brazos.

—¡Hueles a la tía Lola! —le digo—. Y a Perú.

Tía Lola se ríe y me da un abrazo fuerte. Cuando me suelta, mamá, papá y Ben la abrazan.

—¡Lo! —dice mamá.

Se abrazan y comienzan a llorar.

—No lloren —dice Ben preocupado.

—Shh, no pasa nada —le digo—. Están llorando de felicidad.

—¿Eso es algo que solo hacen las niñas? —pregunta mi hermano.

—¡No! —le digo, y señalo a papá, que también se está secando las lágrimas.

—¡Benito! —dice tía Lola—. ¡Lola! Los dos están muy grandes.

—Ya estoy en preescolar —dice Ben—. ¡Y no vomité en el avión!

—¡Así se hace! —dice tía Lola y le pellizca la mejilla.

—Yo estoy en segundo grado —digo—. ¡Y sigo siendo muy buena futbolista!

—Estoy segura de eso —dice tía Lola—. ¡Ahora, vamos a casa!

Conducimos durante un rato hasta que por fin vemos un letrero grande que dice LINCE.

—¡Este es nuestro distrito! —dice mamá, y le pide a tía Lola que nos dé una vuelta por el barrio.

—¿El mercado chino sigue funcionando en la esquina, Lo? —pregunta mamá.

—¡Sí! —dice tía Lola—. Ahora lo administra la nieta del Sr. Chang.

—¿Por qué hay un mercado chino en Perú? —pregunta Ben.

—En Perú vive gente de muchas partes, incluyendo chinos peruanos —dice tía Lola.

—¿Y qué clase de peruana soy yo? —pregunto.

—Bueno —dice tía Lola—, tú eres una mezcla de español e indígena.

—Y peruana-estadounidense —dice papá.

—Y eso es solo por parte mía. Nena, ¡eres una ciudadana del mundo! —dice mamá, y luego señala hacia afuera—. ¡Mira! Allá era adonde tu tía y yo íbamos a comprar butifarras los fines de semana.

—¿Qué son butifarras? —pregunta Ben.

—Son como sándwiches, rellenos con un jamón llamado jamón del país, cebolla y chiles —explica tía Lola.

—¿Ese jamón es diferente del que comemos nosotros? —pregunta Ben.

—Buena pregunta, Ben —dice tía Lola—. No sé.

—Mira, ese es el cine a donde íbamos —dice mamá.

—Yo todavía voy —dice tía Lola.

—Nuestra casa está en la avenida Julio C. Tello —dice mamá, señalando un letrero—. Julio C. Tello fue un gran arqueólogo. Descubrió muchas ruinas en Perú y ayudó a que los peruanos aprendiéramos más sobre nuestro pasado.

—También fue el primer arqueólogo indígena —dice tía Lola—. Aquí se enseña sobre él en la escuela.

—¿Qué quiere decir "indígena"? —pregunta Ben.

—"Indígena" se refiere a los primeros habitantes de Perú, las personas que vivían aquí originalmente. Algunos de nuestros ancestros son indígenas y otros son españoles.

—¿Te gusta ser maestra, tía Lola? —pregunto.

—Me encanta. Aunque ahora que soy directora no me encargo de una sola clase, sino que soy responsable de todos los estudiantes de la escuela. Ojalá tú y Ben puedan venir conmigo esta semana —dice tía Lola.

—Eso sería increíble —digo, y es en serio, pero entonces pienso en algunos de los problemas que he tenido en mi escuela con chicos que me molestan—. ¿Tú crees que les caeré bien a tus estudiantes?

—No creo que les vayas a caer bien, ¡creo que te adorarán! —dice tía Lola, y me lanza un beso desde el asiento de adelante.

¡Adoro a mi tía!

—¡En Perú hay mucho que hacer y ustedes van a estar acá muy poco tiempo! —dice tía Lola.

—Ya sé —dice mamá—, pero no tengo tantas vacaciones y los chicos tienen escuela. No queríamos esperar al próximo verano para visitarte. Lo importante es que estamos aquí.

—En eso estoy de acuerdo —dice papá.

—Además —dice tía Lola—, pueden ver ruinas antiguas aquí mismo en la ciudad.

—¡Yo quiero ver ruinas! —grita Ben, pero luego hace una pausa—. ¿Qué son las ruinas?

—Son edificios y templos construidos por los primeros habitantes de Perú, antes de que llegaran los españoles. Muchas ruinas tienen más de mil años. Algunos de esos edificios pudieron haber sido construidos por nuestros ancestros —dice tía Lola—. El próximo fin de semana visitaremos algunas.

Mamá y tía Lola siguen conversando durante el resto del camino.

—¡Llegamos! —dice mamá—. ¡Chicos, esta es la casa donde nos criamos Lo y yo!

Miro hacia arriba y veo una pequeña casa anaranjada y gris hecha de cemento. Al otro lado de la calle hay un edificio de apartamentos.

Bajamos el equipaje y tía Lola nos muestra dónde vamos a dormir.

—Esta era la habitación que compartíamos Lo y yo cuando éramos niñas —dice mamá.

Hay dos camas y Ben sube de un salto a una de ellas.

—¡Esta es la mía! —dice, y salta a la otra cama.

—¡Ben! —digo—. ¡No rompas las camas!

—Está bien —dice tía Lola guiñándome un ojo—. Tu mamá y yo hacíamos eso todo el tiempo.

—¿Ves, Lola? —dice Ben sacándome la lengua—. Está bien.

¡Estamos en la casa de tía Lola! Todo está mejor que bien.

Lola Levine
Clase de la Srta. García
Informe No. 1

Julio César Tello

Julio C. Tello nació en las montañas de los Andes de Perú y creció hablando quechua, una lengua indígena. Se convirtió en un famoso arqueólogo. Un arqueólogo es alguien que estudia los pueblos del pasado y busca objetos y edificios que la gente construyó en esa época. Excavan para buscar edificios enterrados en la arena o en la tierra. Julio C. Tello descubrió muchas cosas en los Andes. ¡Mi mamá y mi tía se criaron en una calle que lleva su nombre!

Capítulo tres
Escuela Primaria San Martín

Querido Diario:

Mañana iré a una escuela primaria
peruana con tía Lola. Me parece
increíble que ella sea la directora
porque no se parece en nada a la

directora de mi escuela. La Sra. Blot
está siempre seria, mientras que tía
Lola siempre sonríe. La Sra. Blot se
enoja a veces y tía Lola nunca se
enoja. La Sra. Blot es mucho más
agradable cuando voy a su casa a
jugar con su hijo, mi mejor amigo
Josh. Mamá dice que tía Lola es una
de las directoras más jóvenes, ¡pero
es tan espectacular que aún así la
pusieron a cargo de la escuela!

Shalom,
Lola Levine

Nos levantamos muy temprano para
alistarnos para la escuela porque queda
al otro lado de la ciudad. Tía Lola prepara el café con leche diferente a como lo

hace mamá. Mamá usa leche fresca, pero tía Lola lo prepara con leche evaporada, azúcar, agua hirviendo y una cucharadita de café instantáneo. Después de comer un huevo con arroz y unos mangos peruanos deliciosos, Ben y yo nos subimos a la camioneta roja de tía Lola y vamos con ella a la Escuela San Martín de Porres. ¡Tía Lola conduce muy rápido! Pero parece que el resto de los conductores de Perú también.

—¡Qué cantidad de gente! —dice Ben mirando por la ventanilla.

—Hay casi diez millones de personas en esta ciudad —dice tía Lola mientras le pita a un auto que se le cruza en frente.

—¿Cuántos ceros hay en diez millones? —pregunta Ben.

—Siete —digo.

—Muy bien —dice tía Lola.

—Sabelotodo —dice Ben desde su asiento—. Pero a que no sabes quién es San Martín.

—No lo sé —digo haciéndole una mueca a mi hermano.

—¡Es un santo! Ayudaba a los pobres y a los enfermos —dice Ben—. ¡Tía Lola me lo dijo!

Cuando llegamos a la escuela, me sorprendo porque no tiene un patio de recreo con césped. La escuela parece más bien una plaza, con un terreno grande en el centro.

—No es una escuela de ricos —dice tía Lola, como si me hubiera leído la mente—. Solo tenemos agua dos veces al día por media hora. El dinero lo gastamos en libros, no en un patio con césped. Pero no se preocupen, en el recreo, los chicos juegan fútbol en el terreno frente a la escuela.

Pienso en mi escuela, con su inmensa área de juegos y el campo verde donde jugamos fútbol y al corre que te pillo. Me gustaría que San Martín tuviera lo mismo.

Cuando entramos al edificio, todos dicen, "Buenos días, directora". Algunos le dicen Srta. Valdez. Tía Lola se llama Dolores Valdez. Valdez era el apellido de mamá antes de casarse con papá. Una vez le pregunté si yo tengo que cambiarme el nombre cuando me case y ella dijo sonriendo: "Solo si quieres".

Tía Lola me lleva al salón de segundo grado y me presenta al maestro, el Sr. Sánchez.

—Bienvenida a la clase, Lola —dice el maestro—. Soy el Sr. Sánchez.

Entonces, me pide que me acerque y me presenta al resto de los alumnos.

—Ella es Lola Levine. Es la sobrina de la directora. Démosle la bienvenida a San Martín a nuestra nueva amiga —dice el Sr. Sánchez.

Me sorprendo cuando los estudiantes comienzan a aplaudir y a sonreír.

—¡Hola, Lola! —dice uno.

Los demás repiten lo mismo.

Me gusta cómo suena el saludo. Una de las cosas que noto es que muchos de los estudiantes llevan sudaderas verdes brillantes. Parecen sudaderas de fútbol. Otros llevan suéteres verdes.

—¿Por qué están todos de verde? —le pregunto bajito a tía Lola.

—Aquí los estudiantes deben llevar uniforme, ya sea uniforme formal o sudaderas —me susurra tía Lola—. Y si no tienen dinero para comprarlos, se los regalamos. Así todos se ven iguales y nadie se preocupa por qué ropa lleva.

Pienso en las veces que Alyssa Goldstein y Makayla Miller se han burlado de mí por lucir diferente o rara y creo que los uniformes tienen sentido, ¡sobre todo si parecen sudaderas de fútbol!

—Siéntate acá, entre Lucía y Lucas —dice el Sr. Sánchez.

Me despido de tía Lola y me dirijo al asiento.

—¡Que tengas un buen día! —dice tía Lola—. Nos vemos en el almuerzo.

Entonces le toma la mano a Ben.

—¿Listo para ir al salón de preescolar? —pregunta.

Ben se ve muy asustado y no dice nada hasta que tía Lola le guiña un ojo.

—Vamos, choca los cinco conmigo —le dice tía Lola a mi hermano.

Ben choca los cinco con ella y luego se van.

Cuando me siento, noto que todos me miran.

—¿De dónde eres? —pregunta una chica.

—De Estados Unidos —respondo.

—Soy Lucas —dice el chico que está a mi lado—, y ella es mi hermana, Lucía.

—¡Hola! —dice Lucía, que se parece mucho a él—. Somos mellizos.

—Vaya, debe de ser divertido tener un hermano mellizo —digo.

—Casi siempre —dice Lucía—. ¿Te gusta jugar fútbol?

—¿Que si me gusta? —pregunto riéndome—. Creo que es el mejor deporte del mundo.

El Sr. Sánchez nos pide que prestemos atención y comienza con la lección de matemáticas. ¡Habla muy rápido! Me alegra que matemáticas sea la primera clase porque los números son iguales en español y en todas las escuelas.

—¡Goooooooooooooooooooooooool! —grita Lucas cuando nuestro equipo anota.

Estoy en el equipo de Lucas porque necesitaban una arquera. Todos corren,

gritan y persiguen el balón. Es muy divertido. Levantamos mucho polvo y tierra, y
a nadie le importa. No todos juegan fútbol. Algunos están a un lado jugando un
juego con las manos y otros simplemente
corren y gritan. Al principio no veo a Ben
por ninguna parte, pero luego me doy
cuenta de que es uno de los chicos que
está corriendo. Típico de mi hermano.

Lucía patea, pero yo paro el balón.

—Buen tiro —digo.

—No tan bueno —dice ella.

Pero dos minutos después, anota
un gol.

No creo haber conocido a alguien tan
competitivo como yo. ¿Será que también
le gusta escribir? Después de un rato, tía
Lola se nos acerca y nos lleva a almorzar
a su oficina. No quiero despedirme de mis

nuevos amigos, pero sí quiero estar con tía Lola.

Estamos acalorados y sucios, y cuando entramos a la oficina es agradable sentir el frío del aire acondicionado. Es el único lugar de la escuela que tiene aire acondicionado. En la mañana no hacía tanto calor, pero ahora el sol está afuera y me pregunto si hará mucho calor en los salones.

—Y bien, ¿qué piensan de la escuela? —pregunta tía Lola.

—¡Es increíble! ¡Oye! Solo llevo una mañana aquí y ya puedo decir el abecedario en español —dice Ben y comienza a cantar.

Parece que no se va a callar, así que tía Lola y yo comenzamos a comer.

Lola Levine
Clase de la Srta. García
Informe No. 2

Fútbol/Soccer

Fútbol (la palabra en español para "soccer") es el deporte más popular en Perú y en toda América del Sur. La selección nacional de Perú se llama la Blanquirroja, que significa blanca y roja, por los colores de la bandera peruana. Las décadas de 1930 y 1970 fueron las épocas doradas del

fútbol peruano porque la selección ganó muchos partidos, pero
espero que haya otra época
dorada en el futuro. ¡Quiero
que la selección anote muchos
goooooooooooooooooooooles!

Capítulo cuatro
Llamas y lúcuma

Querido Diario:

Hoy fue mi tercer día en la Escuela
San Martín. ¡Me estoy divirtiendo
mucho! Tengo dos amigos increíbles
que se llaman Lucía y Lucas y

prometimos escribirnos cuando me vaya. A Lucía no le gusta escribir tanto como a mí, pero a Lucas sí y me prometió que van a escribirme notas que tía Lola podrá incluir en sus cartas. Historia es la clase más difícil. Hay muchas cosas que no sé sobre Perú, aun cuando es el país donde nació mi mamá. No me he ido y ya quiero volver.

Shalom,
Lola Levine

Hoy tía Lola se ha tomado la tarde libre para llevarnos a visitar unos mercados de artesanos en el barrio de Miraflores. Nos fuimos de San Martín después de almuerzo.

—¿Qué es un artesano? —pregunta Ben.

—Un artesano hace artesanías con las manos. La mayoría de las artesanías que veremos hoy fueron hechas por indígenas de los Andes.

—¿Quién las compra? —pregunto.

—Nosotros y los turistas —dice tía Lola—. Son muy lindas, ya verán.

Visitamos un lugar llamado Mercado Indio. No puedo creer lo que veo. Hay cientos de puestos llenos de tesoros artesanales. Nunca había visto mantas, tapetes, muñecas, espejos, vestidos, bolsos, cerámicas, joyas, canastas y pinturas como estas. No sé si conozco todos los colores que veo: azul índigo, rosado chillón, oro, turquesa, rojo, morado brillante. Hay llamas de peluche como la que tengo en casa y muñecas preciosas. También hay chullos, que son sombreros de lana con orejeras. Tengo uno que tía Lola me envió y me lo pongo cuando hace frío.

—Estos son los colores de Perú —dice mamá.

—Me gustan los colores de Perú —digo.

—¡A mí también! —dice Ben, y sale corriendo.

Mamá y papá lo siguen, pero yo me quedo con tía Lola. Le doy la mano y salimos a recorrer el mercado.

—También me gusta la gente de Perú —digo apretándole la mano.

Caminamos por un laberinto de puestos y cada vez que veo uno nuevo me parece mejor que el anterior. Pienso en papá y sus pinturas. Me alegra que haya tantos tipos de artistas en el mundo.

Paseamos y miramos, y al poco rato nos encontramos con mamá, papá y Ben.

—¡Lola! ¡Me compraron una llama de peluche! ¡Una para mí y una para Mira! ¡Está hecha con lana de llama de verdad! —grita Ben.

Mira Goldstein es la mejor amiga de Ben. Es muy chévere, aunque su hermana, Alyssa, no lo es en mi opinión.

—Vamos a buscar un regalo para la Srta. García —dice mamá—. Quizás consigamos algo para el salón.

—Buena idea —dice papá.

—¿Puedo llevar regalos para Josh y Bella? —pregunto.

—Por supuesto —dice mamá.

Elijo unos aretes para Bella, una camiseta de la selección peruana para Josh y una pequeña pintura de una llama para la Srta. García.

Mamá compra un gran tapete para colgar en la pared.

—Pero mamá —dice Ben—, ¿eso no va en el suelo?

—Este no —dice mamá—. Es demasiado lindo. Quiero mirarlo, no pisarlo.

—Tengo hambre —dice Ben.

—Yo también —dice tía Lola—. ¡Vamos a comprar helado de lúcuma!

—¿Helado antes de cenar? —pregunta Ben.

—¿Por qué no? —dice tía Lola.

—Seguro que mamá y papá no nos dejan —dice Ben.

—Creo que vamos a seguir las reglas de la tía Lola mientras estemos en Perú —dice mamá riendo—. Además, ¡estamos de vacaciones!

—¡Nada de reglas en vacaciones! —dice Ben saltando sin parar.

—Bueno, solo unas cuantas —dice papá con cara de preocupación.

Caminamos hasta encontrar un puesto de helados y minutos después estoy saboreando un helado anaranjado brillante. Es un helado de lúcuma. La lúcuma es una fruta verde que crece en los árboles. Su pulpa es entre amarilla y anaranjada y tiene una enorme semilla oscura adentro. Nunca he probado la lúcuma como fruta, solo el helado, y me encanta.

—Toc, toc —dice Ben.

—¿Quién es? —pregunta tía Lola.

—¡Yoa! —grita Ben.

—¿Qué Yoa? —grita tía Lola.

—¡Yo amo el helado de lúcuma! —dice Ben.

Cuando terminamos, tía Lola nos lleva a la Plaza Mayor, la plaza principal de Lima.

—¡Parece que estamos rodeados de castillos! —digo.

—Así es —dice tía Lola riéndose.

Señala el Palacio de Gobierno, el Palacio Arzobispal y el Palacio Municipal, que está pintado de amarillo. Hay flores y fuentes por todas partes. Nunca había visto unos edificios tan lindos.

—Fueron construidos por los españoles —explica tía Lola—. El sábado los llevaremos a ver unos edificios más viejos que estos que fueron construidos por los primeros habitantes de Perú.

—Qué bien —digo, y en eso veo que Ben está tratando de meterse dentro de una fuente—. ¡Ben! ¡Eso está prohibido!

—Tengo mucho calor —dice metiéndose en el agua.

—¡Mamá! ¡Papá! —grito mientras corro a sacar a Ben de la fuente.

—¡Ben! —grita papá.

—¡Para, Lola! —dice mamá—. ¡Nosotros lo sacaremos!

Tengo a Ben sujetado por las manos y lo halo. Pero Ben hala más fuerte.

¡Plas! Caigo en la fuente y los turistas comienzan a tomarnos fotos. Cuando

por fin salimos del agua, mamá y papá no están muy contentos que digamos.

—¡Estaba intentando sacarlo! —digo.

—Soy más fuerte que tú, ¿cierto? —dice Ben—. ¡La metí en la fuente!

—Bueno, ¡por lo menos se refrescaron! —dice tía Lola soltando una carcajada—. Creo que es hora de volver a casa y secarse.

Y eso es exactamente lo que hacemos. Es divertido pensar que esta semana llamamos "casa" a la casa de tía Lola... que es también la casa de mamá.

Al día siguiente, tía Lola lleva mi almuerzo en una bolsa para que pueda comer en el patio de la Escuela San Martín con Lucía y Lucas. Voy a comer arroz con pollo, que fue lo que quedó de la noche anterior. ¡Qué rico!

—¿Adivinen qué? Iremos a Pachacámac este fin de semana para ver las ruinas —les digo a Lucía y Lucas.

Pienso que "Pachacámac" es una palabra muy divertida de pronunciar.

—¡Qué bueno! Nosotros fuimos en una excursión el año pasado —dice Lucía.

—Hay llamas caminando por los alrededores del museo —añade Lucas.

—Pensé que las llamas vivían solo en las montañas —digo.

—Así es. Mi papá tenía llamas cuando era pequeño —explica Lucas—. Pero, cuando se mudó a Lima, no pudo traerlas. A los turistas les gusta tomarse fotos con las llamas, por eso las puedes ver en algunas zonas turísticas.

—Yo no soy turista —digo, o al menos eso creo—. Mi mamá nació aquí al igual que mi tía Lola, quiero decir, la directora.

—¿Entonces eres peruana y estadounidense? —pregunta Lucía.

—Sí —respondo.

Ambas nos reímos.

—¿Quieren jugar fútbol? —pregunta Lucas.

—¡Claro que sí! —digo.

Entonces los tres nos vamos a jugar.

Lola Levine
Clase de la Srta. García
Informe No. 3

Las llamas

¡Las llamas son increíbles! Viven con la gente en los Andes. Son muy sociables y les gusta vivir en manadas. Son de la familia de los camellos y son vegetarianas. Son muy amigables, a menos que las molestes. Si se enfadan, patean y escupen. El pelo de llama puede usarse para hacer tapetes, soga y ropa. Las llamas también son muy útiles para transportar carga pesada y cuidar las ovejas. Los peruanos aman y honran a las llamas, ¡y yo también!

Capítulo cinco

Pachacámac

Querido Diario:

¿Adivina qué? ¡Casi es medianoche!
Creo que nunca he estado despierta
hasta tan tarde. Ben y yo pudimos
quedarnos levantados porque tía Lola

y mamá estaban haciendo cuentos de cuando eran niñas. Parece que tía Lola se metía en líos a veces, como yo. Hoy fue mi último día en San Martín. ¡Lucía, Lucas y yo jugamos un gran partido de fútbol! Fue muy difícil decirles adiós a ellos y a los otros chicos, pero les prometí a mis nuevos amigos que volvería. Espero que sea verdad. Mañana tía Lola nos llevará a las ruinas de Pachacámac. Ahora me voy a dormir para tener energía y poder subir las pirámides.

Shalom,
Lola Levine

Nos despertamos y vamos en auto hacia Pachacámac. Por supuesto, Ben lleva su llama de peluche. Desde que se la compraron, no la suelta. Ni siquiera para ir al baño.

El viaje parece eterno, pero es porque estoy muy emocionada. Cuando por fin llegamos, compramos los boletos en la entrada.

—Antes de caminar por las ruinas —dice tía Lola—, vamos a ver las llamas.

Nos lleva a un gran patio lleno de hierba y plantas que está al lado del museo. ¡Y allí están!

—¡Llamas! —digo.

Son lindísimas. Tienen mucho, mucho pelo blanco, marrón y beige.

—Están acostumbradas a la gente —nos dice un empleado del museo.

—¿Están contentas? —pregunto.

—Estas llamas están sanas y contentas. Son muy especiales para nosotros. ¿Quieres tocar una?

—Sí —digo.

—Quiero que conozcas a Lorenzo —dice el empleado acercándose con una llama.

—Hola, Lorenzo la Llama —dice Ben.

—¡Es un placer conocerte! —le digo al animal y lo acaricio.

El pelo se siente suave y duro a la vez. Lorenzo es mucho más alto que yo y su pelo es marrón y blanco.

—¡Yo también quiero tocarla! —dice Ben—. ¡Se parece a mi llama pero es mucho más grande!

—Solo recuerda que esta es de verdad; trátala con cuidado —dice papá.

Ben es muy cariñoso con la llama y eso nos sorprende a todos.

—Creo que es hora de decirles adiós a las llamas —dice mamá después de un rato—. Nos falta mucho por ver.

—¡Adiós, llamas! —digo.

—¡Voy a ponerle Lorenzo a mi llama! —dice Ben—. Lorenzo, dile adiós a Lorenzo.

Caminamos hacia las ruinas de edificios, patios y pirámides que no se parecen en nada a cualquier cosa que haya visto antes. Todo es de color arena, quizás porque estamos cerca del mar. Hay tantas cosas que ver.

—¿Pueden imaginarse a nuestros ancestros indígenas aquí? —dice tía Lola.

—¿Cuándo dejaron de vivir en este lugar? —pregunto.

—Sí, ¿por qué no vive nadie aquí? —pregunta Ben—. ¡Es un sitio genial! Hay muchos lugares para trepar y esconderse.

—Es una historia compleja —dice mamá.

—Yo soy compleja —digo.

—Es verdad —dice mamá sonriendo—. Los indígenas han vivido en Perú desde hace más de once mil años. Pero hace unos quinientos años, llegaron los españoles. Querían conquistar a los indígenas, quitarles el oro y usar su tierra.

—¡Eso no está bien! —dice Ben.

—No —dice tía Lola—, pero aunque muchos murieron, y los españoles destruyeron este templo y se robaron el oro, los indígenas eran fuertes y lograron sobrevivir. Todavía estamos aquí. Algunos son como nosotros, una mezcla de español e indígena. Pero hay otros que no. Hay muchos grupos indígenas en Perú que hablan su propia lengua y mantienen sus tradiciones.

—Somos gente lista y creativa —digo abrazando a mi tía y sintiéndome orgullosa de ser peruana.

—¡Miren! —dice tía Lola—. El Templo del Sol.

Subimos los escalones de la pirámide y cuando por fin llegamos a la cima, no quepo del asombro. Miro las ruinas e imagino los patios y los edificios llenos de indígenas peruanos. Y más allá se ve el mar azul.

—¿Adivina qué? —pregunta Ben.

—¿Qué? —digo.

—Aquí me siento cerca del sol —dice.

—¿Adivina qué? —digo.

—¿Qué? —dice Ben.

—Yo también.

Lola Levine
Clase de la Srta. García
Informe No. 4

Pachacámac

Pachacámac es un sitio arqueo-
lógico que lleva el nombre del
dios Pacha Kamaq. El Templo del
Sol, el Templo Pintado y el Templo Viejo o Templo de Pachacámac se encuentran en ese lugar.
Los primeros habitantes de Perú
que vivieron en Pachacámac hace
más de mil años eran los lima

y los últimos fueron los incas,
que llegaron alrededor de 1450.
Los arqueólogos como Julio C.
Tello ayudaron a descubrir estas
culturas.

Capítulo seis
Volando otra vez

Querida abuela Levine:

¡Hola, abuela! ¿Adivina qué? Te escribo desde América del Sur. En realidad, te escribo desde el viejo escritorio de mi mamá en su casa de Lima,

Perú. Qué bien, ¿no? ¡Me encanta estar acá y estoy aprendiendo mucho! ¿Cómo estás tú? ¿Cuándo vienes de visita? ¿Cómo están tus amigas con las que juegas a las cartas? Algún día deberíamos venir a Perú juntas. Sé que te gustará tanto como a mí.

Shalom,

Lola Levine

Tía Lola nos hace una gran fiesta de despedida. Ella y mamá preparan la comida peruana que más les gusta. Muchos primos y amigos de mamá vienen a la fiesta, ¡y conozco a algunos familiares por primera vez! No me había dado cuenta de lo grande que es mi familia de Perú. Me alegro de que mamá se haya puesto al día con todos esta semana mientras Ben y yo estábamos en la escuela con tía Lola. Al cabo de un rato, tía Lola pone música y todos comienzan a bailar.

—¡Más alto! —dice mamá, que está bailando con papá.

No puedo creer lo bien que baila mi mamá.

—¡Tenemos que hacer más fiestas cuando volvamos a los Estados Unidos! —grito bien alto para que me escuchen.

—¡Definitivamente! —dice mamá.

Entonces me toma de las manos y me da vueltas y vueltas.

A la mañana siguiente, antes de irnos, tía Lola me pregunta si quiero salir a caminar. Primero vamos a la tienda de la esquina y me compra golosinas y dulces peruanos

para que me los lleve en el avión. Luego compramos helado de lúcuma y caminamos por el parque. Estoy triste porque me voy y creo que tía Lola se ha dado cuenta.

—¿Qué te pasa? —dice, y me aprieta la mano.

—Tía Lola, ¿cómo puedo ir a casa después de ver los palacios, las pirámides y las llamas? Voy a extrañar a mis nuevos amigos y, sobre todo, te extrañaré a ti. No quiero irme de Perú —digo.

—Vas a estar bien, cariño. Tú vives en un lugar que también es increíble. ¿Qué es lo que más te gusta de donde vives?

—Eh... —digo, y comienzo a lloriquear—. Me gusta mi perro, Frijol. Y me gustan mis amigos, sobre todo Josh y Bella. Y mi habitación. ¿Sabías que está

pintada de morado con lunares anaranjados? Deberías ir a verla.

—Un día —dice tía Lola—. Dime qué
más te gusta de donde vives.

—Bueno, me gusta mi escuela, la
Escuela Primaria de Northland —digo—.
Mi maestra, la Srta. García, es maravi-
llosa. Y mi equipo de fútbol, los Batidos de
Naranja, es espectacular.

—Ya ves —dice tía Lola—. Tienes cosas
maravillosas allá, incluyendo a tu familia.

—¿Pero y tú? —pregunto.

—Yo también estaré allá, Lola —dice.

—¿De veras? —digo sorprendida—.
¿Quieres decir que nos visitarás pronto?

—Trataré de visitarlos más a menudo
—dice tía Lola—, pero eso no es lo que
quiero decir.

—No entiendo —digo—. ¿Cómo vas a estar conmigo en mi casa?

—Estaré contigo acá y acá —dice tía Lola señalando mi cabeza y mi corazón—. Y siempre estaré al otro lado de la línea telefónica o en una carta. ¿Te parece?

—¡Sí! —digo, y la abrazo fuertemente.

Por poco se nos va el avión. Por el camino, Ben se da cuenta de que dejó a Lorenzo, la llama de peluche, en la casa de tía Lola. Está tan molesto que tía Lola da la vuelta para buscar a Lorenzo. Veo que mamá y papá piensan que no es una buena idea.

—¡No quiero que mi Benito se vaya triste de Perú! —dice tía Lola.

Llega a la casa, encuentra a la llama debajo de la cama de Ben y nos lleva de regreso al aeropuerto, justo a tiempo para montarnos en el avión. Tenemos que hacerlo todo tan de prisa que no nos queda mucho tiempo para estar tristes. Mejor así.

Cuando al fin nos sentamos en el avión, jadeando y sudando, veo a una azafata.

—Nosotros los Levine somos muy dramáticos —le digo.

La azafata sonríe.

—¿Quiere darle un beso a Lorenzo la Llama? —le pregunta Ben.

—¿Puedo darle un abrazo? —dice la azafata.

Ben le dice que sí.

Capítulo siete

En casa

Querido Diario:

Es mi primera noche en casa y me
parece que las vacaciones fueron
un sueño. ¿De veras estuve en Perú
con mi tía Lola, mi familia y todos mis

nuevos amigos de San Martín? Por supuesto que sí. Ya tengo ganas de contarle a Bella y a Josh sobre el viaje y leerles mis informes a la clase de segundo grado. ¡Creo que a todos les gustarán los regalos que les traje!

Shalom,
Lola Levine

P.D.: Ojalá sueñe con Perú.

Una semana después, el primer domingo después del viaje, me despierto y veo que mi perro está acostado al pie de la cama.

—¡Buenos días, Frijol! —digo, y me estiro para agarrarlo y acostarlo a mi lado.

Necesito un abrazo de cachorrito. Extraño a tía Lola. Luego veo que hay una nota en la pecera de Mia.

Tomo la nota y la leo. Dice: "¡Desayuno sorpresa a las 8 en punto! Donde siempre".

Sé que mamá y papá no nos sorprenderán con otro viaje a Perú, así que me pregunto qué será.

Mamá está haciendo un batido de bananas y papá está tostando *bagels*.

—¡Qué rico! —digo—. ¿Compraste los *bagels* en Biff's Bagels?

—¡Sí! —dice papá—. Y no solo eso. ¡Fui al supermercado y mira lo que encontré!

En la mesa hay un gran cuenco con deliciosos mangos amarillos, anaranjados y rojos. Leo la pegatina que hay en uno de ellos: MANGOS DE PERÚ.

—¡Bravo! —digo emocionada—. ¡No lo puedo creer!

Huelo un mango y regreso en mi mente a la cocina de tía Lola.

¡Pum! Oigo a Ben bajar las escaleras dando tumbos, como siempre. Pero esta vez escucho más ruidos. *¡Pum! ¡Purum-bum!* Luego escucho a mi hermano quejarse.

—Me di en el pie —dice entrando èn la cocina—. ¡Ay!

—Lo siento —dice mamá—. ¿Estás bien?

—¡Ya estoy bien! —dice sentándose a la mesa—. *¡Bagels* de Biff! ¡Qué rico!

Unas semanas después, recibimos un gran sobre de Perú. ¡Es de tía Lola! Ha escrito una carta para cada uno de nosotros y también nos ha mandado fotos. Pongo una foto encima de mi armario, para poder mirarla por la mañana y por la noche. En lugar de ponerme triste, me alegra.

Querida tía Lola:

¿Cómo estás? ¡Gracias por las
fotos! Están lindísimas. Por favor,
saluda a todos mis amigos de
San Martín, ¡especialmente a Lucía
y Lucas! Les envío unas notas
y también dos camisetas del
equipo de fútbol Los Batidos de
Naranja. ¡Papá es el entrenador y
me dejó pedir dos extras! Leí mis
informes sobre Perú en la escuela
y todos estaban impresionados. No
pueden creer que subí al Templo
del Sol y que acaricié una llama.
Creo que a ellos también les hubiera
gustado ir. Te extraño mucho, pero
siempre recuerdo lo que me dijiste

antes de despedirnos: que los llevo a ti y a Perú en la cabeza y en el corazón.

Te mando muchos besos y abrazos.

Shalom,
Lola Levine